Fuego en el Cristal

Rosario Allpas

snow
fountain
press

Primera edición, 2024
© Rosario Allpas

ISBN: 978-1-957417-77-6

Snow Fountain Press
25 SE 2nd. Avenue, Suite 316
Miami, FL 33131
www.snowfountainpress.com

Dirección Editorial:
Pilar Vélez

Diseño editorial:
Alynor Díaz

Impreso en los Estados Unidos de América.

Bendito el corazón que se puede doblar,
porque nunca se romperá.

Albert Camus

Para Mirlene,
una mujer de cristal,
mi amiga.

Para Armando,
el primer hombre de fuego
que yo conocí.

ÍNDICE

PRIMERA PARTE

Mujer de cristal

veinte años de vida y aún capullo
en un bosque árido de espanto
protegida de bestias invisibles
amparada por el soplo de los sueños
la despierto a diario
con la luz sonrosada de la aurora
sus ojos no ven el celaje
su mirada rebota en los cristales
sonríe ilusa
                    sonrío
empujada por el aguijón
de una sutil curiosidad
y del estudio aprendido
camina
                        camino
con engañados pasos
en los días tiznados de luz

Mirada de encanto

aparece él de pronto
con ojos de hoguera
portando en sus manos
las gotas que alivian

al curar su vista
en su mirar descubro
dagas aceradas
que arrullan y hechizan

mi estupor se aviva
los poros se abren
hay un mar de agujas
que recorren mi cuerpo

yo llevo en la piel la mañana fresca
él tiene la tarde en su pelo gris
me pregunto alarmada
si ese es el encanto que debo temer

Y yo aún no sé quién soy

ignoro quién es
el hombre que vino
teñido de rojo por el sol de la tarde
con olor a grama y a humedad encendida
sus brazos y piernas se mueven como avispas
su espíritu abierto sin vetos ni trabas

y yo no sé aún quién soy
me asomé al camino
desde un mundo de monjas
y ahora me hallo
en la jungla de arena
de esta Lima de tordo
con crepúsculos sangrientos
y noches que se rinden fuera del reloj

yo seré *tu maestro* me dice
y yo exploto de risa

Amistad

él llega con rumor de campanas
le preguntan para quién esa risa
y sus ojos están solo en mí
sus pasos son firmes y atrevidos
el porte de un alazán esbelto
con la crin lacia y movediza
atrapa el céfiro y juega con él
cruza ráfagas y las deja atrás
aparta remolinos y contratiempos
clarea brumas y oscuridades
hace un conjuro con el tiempo
y entre palabras y ademanes
emerge su cálida compañía
y cuando el silencio asoma
orea su aliento a limón dulce
agrimelando mi mundo

Pensando en ti

pienso en ti
en tu piel estuosa
en tus cabellos sublevados
en tu frente mansa y bonancible
en tus ojos grandes de intensa negrura
en tu boca de afables suspiros
en tu cuello nervudo y viril
en tu cuerpo huracanado
yo pienso en ti

Tus manos

tus manos rudas se suavizan
cuando ciñes mi cintura
cuando mimas mi rostro amanecido
como si palparas la madurez de una fruta

tus manos vuelan a romper el silencio
como el director de orquesta
que ondula figuras en el aire
para deleite de nuestros oídos

tus manos se van en leve trote
libres en busca de otras palmas
de inusuales manos advenedizas
pero invariablemente vuelven a las mías

aunque tengan que venir trepando
a galope a zarpas o volando
con escaso aliento y exigua pujanza
tus manos siempre vuelven a las mías

Puntadas

busco los pespuntes de mi madre
que ella alguna vez hiciera
para asegurar mi destino
si yo seguía el rumbo
del carnoso fruto que sangra

hay ciertas ganas de entregar
el sentimiento a ciegas
a los sueños que parecen puros
a la luz que emerge
y se hace llama

mi latir centellea hondo
y retumba en las arterias
verdean esmeraldas
en mis venas
en su discurrir remoto

es mi sangre nueva
que bulle horonda
y se junta con la vieja
sangre a sangre que navega
como olas sin detenerse
palpita en mi pecho
palpita en mis sienes
palpita en mis oídos
y descuella el dicho
mentado por mi madre

si la corriente del amor te lleva
al lago carmesí de tu torso
y te embebe en su latir
aprende a madurar en el nado
porque la vida no se replica

Espero que me digas te amo

cuando veo en tus ojos
la miel de tu sonrisa
y en tus labios se dibuja
tu mirar de salmón
a qué hora en qué lugar y cómo
yo me pregunto
me dirás te amo

creo que me ves como un lirio pequeño
quizás endeble y bobo
incapaz de transformarse
en una plena mujer
o tal vez me veas
en tus cavilaciones
como el amor de otro tiempo
entre el humo y el sepia

yo veo en tus ojos de sapo
y en tus pupilas inquietas
una luz que emerge
huidiza y blanca
yo me prendo de esa luz
y todo mi destino está cifrado
en ese hilo de plata

mientras el mundo gira
yo me aferro a tus caderas
a tus ojos de sapo o de salmón
a tu boca que me mira
a tus ojos que me llaman
a tu razón que no sabe
a qué hora
en qué lugar
y cómo
me dirá
yo te amo

Siguiendo su rastro

lo sigo donde quiera que vaya
como hormiga a su fila
como arenque al cardumen
me convierto en su espejo
en su mente en sus pasos
en su bebida y pasión
comienzo a contarle
los lunares y surcos
me fijo en su pecho
de color atezado
fuerte y velloso
me turba mirarlo
cierro los párpados
y lo sigo pensando
y lo sigo y lo sigo

Fragilidad

sus dedos lamen mi cabello
rayan líneas verticales en mis orejas
y su voz musita mi nombre
mientras ruedan sus manos
por mi espalda erizada

él simula que fragua
la piel de mis senos
y toca osado el timbre de ellos
los ojos me escuecen
se contraen mis labios
resbala una lágrima
que no puedo evitar

nunca antes me pasó esto me dice
a mí tampoco respondo

después de un silencio
su sonrisa se enciende
me atrae a su cuerpo
su abrazo me encierra
me siento segura

me pego a su torso
como abeja a su flor
entonces advierto
dureza en mi vientre
borujo que crece
que viene de él
me funde a su cuerpo
me aprieta me enlaza
qué frágil me siento
tirito de nervios
qué temor me genera
me separo de él
qué gran desconcierto
me agrada y me aflige a la vez

Excitación

los días son gotas
que caen silentes
él sabe que vibro
cuando me acaricia
que el calor me abruma
me abrasa me incendia
me indica que aquello
es *excitación*
no sé no lo entiendo
qué pasa conmigo
él posa sus labios
y aprieta los míos
yo quiero que siga
que siempre me bese
y que me bese toda
le digo que ansío
liberar a mi alma
en cada beso mío
yo quiero que calmes
mi mar agitado
me responde él
sonrío a ocultas

pues no quiero decirle
el secreto que guardo
velado en el pecho
torbellino de hojas
voraces de fuego
aprestas a arder
y las gotas
continúan cayendo

Peligro

empiezo a besarle
en rincones ocultos
en solitarios sillones
de restaurantes amigos
en bancas de piedra
de parques colmados
en los últimos asientos
de un cine perdido
sin embargo huyo
de sus besos ardientes
en su auto aparcado
pues tengo en mis oídos
la mudez parlante
de una voz amiga
carcajada roja
como seda sangrienta
que prende y apaga
le confieso la idea
bajando los ojos
aunque evito decirle

con voz anhelante
que deseo aquel riesgo
que es una aventura
que quiero correr

Ten cuidado

el hombre que amas
es un árbol de venas verdes
con un corazón de madera
las hojas de sus manos son pródigas
y su boca de jacinto
ya probó otras frutas
más jugosas
ten cuidado

el sol de la tarde
aviva sus verdes troncos
su corriente líquida interna
se inflama se sonroja se abochorna
sus tallos y hojas migran al anochecer
se elevan al viento en busca de la luna
esa luna creciente que es tu sonrisa
ten cuidado

al verte muy moza

muchachita de cristal

me entra un escalofrío

no corras al monte apresurada

tu fortaleza es de vidrio

y podría quebrarse

me miras con ojos inciertos

y te digo

              me digo

ten cuidado

SEGUNDA PARTE

Lo amo

él es la pendiente
que mi andar eleva
es el acorde habitual
de mi risueña mañana
es mi maestro empeñoso
mi compañero de marras
por él yo conozco
cada piedra del camino
el nombre de los árboles
y el de las flores de la plaza
el título de las películas
de Scorsese de Kubrick
de Allen y de Buñuel
las canciones de Sabina
de ABBA y de Raphael
por él yo conozco
el nombre de las calles
los museos las plazas
los pies transitados
de gente arcaica y famosa
con él saboreo caldos de tortuga

guisos de monos y de boas
hormigas y gusanos fritos
me deleito catando
vino ginebra whisky
y siento húmeda la piel
volcada por el mareo
por la pasión y los celos
y se me rompe el pecho
por las ansias de tenerlo
porque sueño que se enrede
su cabello con el mío
dime si no es amor
lo que derrama mi alma

Pasión

hoy el cielo se niega a ser gris
y ostenta firme un celeste brillante
hay sol aire puro hay canciones
el dueño de mis sentimientos ríe

me lleva deprisa a una casa pequeña
y me alienta a entrar
en sus ojos hay confianza
en sus besos hay pasión

yo quiero fingir que veo lámparas
el jarrón con las rosas
quiero fingir que veo espejos
relojes y cuadros

quiero fingir que veo sábanas
el edredón y las almohadas
quiero decir que esta casa es la gruta
más dulce a la que osé entrar

Lluvia

hay ciertas ganas de correr
de escapar y encontrarse
con el rayo del camino
volver a vernos con ojos de amor
con las manos incendiadas
y los cuerpos anhelantes

con nuestros dulces pies
entramos y cruzamos
por la madera tibia de su piso
de esta pequeña casa blanca

y blanca es la acogida
blanca de cortinas
blanca de azucenas
blanca de sábanas
blanca de lluvia que cae
en la plomiza vereda

lágrimas brillantes tiemblan
en el cristal de la ventana
y tu canto lluvia nos arrulla
nos enfunda con su fragancia
de melocotón y de rosa
lluvia que nos alcanza
con las ganas lindas de beber
el vino amarronado como teja

somos máculas en sequía
hojas que palpitan
temiendo cada una
fosforecer como relámpago
estallar como trueno

afuera ya oscurece
la calle está vacía
y nosotros sin percatarnos
que la lluvia proseguía

Pecado

sus ojos son una tempestad
intrigantes e impíos
en esta noche blanquecina
no hay fronteras ni bordes
solo un lecho que aguarda
a mi cuerpo a su cuerpo
me echa en el tálamo
con la suavidad del tisú
me desnuda se desnuda
me enrosco en las sábanas
como pangolín asustado
algún silencio funesto
me atrapa un segundo
las gotas escapan de mis ojos
él me consuela
me dice que duerma
me besa en la frente
nos dormimos los dos

Consumición

cuando abro los ojos
veo su espalda imponente
la palpo la acaricio
y hundo mis labios
despierto al dragón
mi cuerpo es un leño
medusa encendida
sus dedos dibujan
mis labios ardientes
enfilan mi rostro
recorren mi cuello
sus manos urgentes
abarcan mis senos
sus labios los besan
pezones henchidos
su lengua los lame
los muerde y relame
su frente palpita
yo muero por él
mi corazón brinca
como un canario pillado

que quiere salir de entre mis costillas
él pone mis manos en su cárnico bronce
yo no intuyo qué hacer no lo sé
sus ávidos dedos tientan
mi frontera secreta
la hurgan la acarician
el fuego me quema
qué sopor misterioso
que abre mi cuerpo
para recibir el de él
nos fundimos en uno
somos una brasa
una sola cuerda
que se tiempla y ondea
se trenza se ajusta
dilata y contrae
qué gloria tenerlo
sujeto a mi yugo
el aire se acaba
se afinan los gritos
nos morimos los dos

el cántaro se desborda
y el líquido rueda
sobre el suelo mojado
se esfuman los sonidos
la niebla se disipa
de nuevo somos dos
indemnes y satisfechos
exangües hasta el abismo
estatuas en consunción

Hoy quiero ser cuadriculada

al despertar extiendo
mis pestañas como alas
el triángulo de mi pecho
rebosa de líquido
es mi sangre que feliz
viaja como río
por hilos escarlatas
a un ritmo acompasado
es mi sangre que fluye
se adentra en mi carne
en mis órganos
en mis huesos
y arde bajo mi piel
con chispas de felicidad
entonces descubro que
quiero ser cuadriculada
egoísta hasta el tuétano

Mi amor huele a grama fresca

mi amor corre por el verde pasto
en busca de la red que sueña
va recto va curvo cabrea
engaña

mi amor corre ligero salta
vuela hace maromas cabecea
se vuelve invisible
tontea

lo jalan patean enganchan
lo detienen lo empujan se levanta
cae y muerde la hierba
llora

mi amor pelea
se envalentona
insulta despotrica blasfema
ríe

entre el bullicio
se asoma un profundo silencio
luego el júbilo y el grito de
Goooooooooooool
suena como un estallido

mi amor enmudece
tartamudea
grita golpea baila
enloquece

mi amor entonces
huele a triunfo

Te amo con todas las letras

en el combado signo de interrogación
te hallo pensándome
en la raya los puntos y las comas
advierto tu sonrisa y tus hoyuelos

en el recto signo de exclamación
distingo tu nariz
y tus ojos relampaguean
bajo las comillas de tus pestañas
y los paréntesis de tus cejas

en todas las letras del alfabeto
te encuentro presente amor
se desparraman los números
las tildes y los signos
parecen millones de pétalos
tallos y hojas
que se juntan para formar
ramilletes de flores

vagones de letras
aparecen en fila
y las únicas que desprendes
son las que aparecen en el rectángulo
donde leo
c h i q u i t a   t e   a m o

y el triángulo encarnado
baila inquieto en mi pecho
y tú sigues sacando letras
de los vagones en marcha
t e   e x t r a ñ o
v e n   a   m i   l a d o

entonces yo reúno todas las letras
para responderte
mientras veo tu sonrisa en el monitor
y o
t a m b i é n
t e   a m o

Debe ser

fuimos hechos de la misma mezcla
de arcilla de agua y de sal
primero fue formado el macho
dotado de fuerza
pero muy elemental

el hacedor juntó de nuevo la masa
y la dividió en dos
mejoró la hechura del hombre
y como ya tenía experiencia
hizo a la mujer
de carácter aguerrido
y de ángulo sensible

debe ser
que fuimos hechos de la misma mezcla
porque siendo tan distintos
somos también iguales
y capaces de complementación

debe ser
que fuimos hechos de la misma mezcla
porque cuando te miro
siento que ya te toco
y cuando te beso
tú ya conoces mis labios

yo creo que cuando te amo
tú ya sabes mis secretos
y cuando suspiro
tú ya estás en mis pensamientos

debe ser
que fuimos hechos de la misma mezcla
y el mismo día
porque no hay manera de entender
que yo te conozca tanto
tanto como tú a mí

La espera

cuento las horas los minutos los segundos que me
acercan a ti
estoy en la ventana hojeando un libro que no leo
pasan los autos y no escucho el runrún del que
viene contigo
el reloj la ventana el libro los autos
son lo más importante del mundo en esta espera

el reloj marca el ritmo de mis latidos
las hojas del libro pasan con cada parpadeo
mis oídos se aguzan para oír el motor de tu auto
y me apego a las cosas que inquietan mi espera
el reloj la ventana el libro los autos

dan las seis de la tarde en el reloj de la sala
cierro el libro y las letras caen y ruedan por el sofá
el tul de la ventana se agita los vidrios tiemblan
y el consabido rumor del auto anuncia que ya estás
el reloj la ventana el libro y los autos
ya no tienen importancia porque la espera acabó

Él es mi todo y mi nada

doy vuelo a mis ilusiones
el viento sigue soplando día por día
y nuestras llamas parpadean
en la casa pequeña

él es mi todo y mi nada
es mi todo en el día
es mi nada en la noche

el viento gime en la oscuridad
cuando me siento sola
parece que las nubes
pasaran de puntillas
al ras de la tierra

y me pregunto
el porqué de su ausencia
en mis noches entoldadas
y mis domingos de luto

El amor, mi dueño

me pides que te diga
qué es el amor
el amor
es cordel que enlaza
sin posibilidad de evasión
estrecha y envuelve
como una enredadera

el amor
es fragancia excitante
esparcida en los sentidos
como suave caricia
como sol que abrasa

el amor
es vuelo de mariposa
y a veces pesada cadena
es delirio imprudente
revestido de cordura

el amor
es como descubrir el cielo
y caer en el infierno a la vez
qué terrible asombro tuve
cuando me di cuenta de él
fue muy tarde que intenté
expulsarlo de mi hado

mas no se arrepiente mi alma
de sus cadenas llameantes
de sus brillantes soles
ni de sus grisáceas lunas

el amor es mi dueño
asida estoy a sus brazos
con mis pusilánimes alas
si las despliego y huyo
retorno de nuevo al nidal

el amor es sutil dependencia
y libertad a la vez

Si me amas

si me amas
ámame como soy
díscola terca u odiosa
bruja también
ámame delgada
gorda curva o recta
con piernas huesudas
o con rollos en la cintura
ámame sabia
ignorante o inculta
profesional u obrera
ociosa tal vez
ámame blanca
oscura amarilla
verde o cobriza
eso da igual
ámame limpia
casta o impura
estéril o fértil
o indigna
qué más da

ámame joven y lozana
o con arrugas y cabello cano
ámame vieja
pequeña o alta
mediana o prominente
musculosa o enjuta
ámame triste
alegre o pesimista
con tatuajes y perforaciones
acéptame como soy
si me amas
           yo te amo

Jugando con el pensamiento

quizás me sienta un tanto distante
en tanto me siento un instante a divagar

es el rumbo que llevo que me da esperanza
o es la esperanza de vivir contigo
la que me mueve a seguir

hoy estamos cerca pero distantes
él se acomoda frente al fogón
el fuego se refleja en sus ojos
su piel canela se torna rojiza
cuando aviva la candela

lo miro desde mi asiento
con el carbón de mis pupilas
y agito la llama con el cartón
para unir su flama con la mía

en este juego de avivar el fuego
una llama fugaz al final fulgura
y un pensamiento efímero
se da a la fuga

si el fiero fuego que hoy nos fecunda
nos aviva nos sofoca y nos calcina
aticemos la llama de nuestra pasión
y abracemos la brasa que nos incendia

él al fin deja el asiento vacante
para ocupar mi ardiente vacío
nuestras llamas se acoplan
los dos fuegos refulgen
se anudan en silencio
y se desatan con estruendo

La cita

se recuesta el sol sobre la piel de la tierra
escondo mi rostro desarbolado de pesar
esperarte con mis ojos asediados en la tarde
hasta que la luna empieza a gobernar

hay soledad en la calle quebrada y blanca
no hay pasos que vengan ni que se vayan
las sombras caen lentas y silenciosas
cubriendo de oscuridad mi espera

me enfundo en pensamientos banales
en una apatía con sabor a nada
hasta que el reloj da las seis de la mañana
y el sol empieza a desperezarse

qué ganas de olvidar esta cita infame
gritar que el amor no es paciente prórroga
y envolverme en sábanas blancas de sueño
-    la mesa de noche cruje de risa   -

TERCERA PARTE

Nada es eterno, ni el amor

yo hubiese deseado
la eternidad de nuestro amor
pero la magia se rompe
como se agrieta la tierra
no lo previnimos
no lo hablamos
aunque siempre está latente
en dos seres que viven de amar

las células son libres
se dividen y multiplican
se forman y transforman
se hallan y reproducen
mientras la quietud llega a mi frente
la dulzura se posa en mis labios
y en mis ojos la esperanza

él en su desconcierto
me dice que no puede
yo no sé qué responderle
de momento me veo
con la cabeza en los pies
se vuelven grana sus ojos
y no hay gotas que los alivien

acaso ya no me quieres le pregunto
con mi voz delgada y rugosa
te sigo queriendo contesta
pero no puedo no podemos

por qué le interpelo
con un aullido hueco

su mutismo habla fuerte
y en sus ojos muere el fuego
mi mundo se desploma en un vacío
corro a la puerta y me voy
me cuelo en el viento

Sueños idos

todavía confusa yo noto
que me disuelvo en el viento
que las alas de mis sueños
se fueron hendiendo el aire
que le di mi sangre
que le di mi alma
y ahora me encuentro
carcomida por dentro
que no hay espacio más grande
para el dolor y mi pena
y me revuelco en el desvelo
perdiéndome a diario
sabiendo que hay oro en mi vientre
y que debo aprender a pensar
en la inmensidad del tiempo
y en el animal marcado en el cielo

Cristal quebrado

aquel hombre de fuego
que era mi corcel seguro
me llama no respondo
envía a su emisario amigo
quien me informa que
fuego volará a otro norte

qué traidor qué cobarde
qué canalla qué infame

el enviado insolente reclama
acaso no viste que él lleva un aro
y que tiene dos frutos
a los que debe cuidar

qué tormento mayúsculo
descubrir que mi *fuego*
era solo vil llama

me convierto en una bola
con pelos y sangre
y mi voz se transforma
en un grito alocado
avísale
que la mujer de cristal
se ha roto
        ha muerto
y que acaba de nacer
una hechura de dolor
de pasiones adversas
más valiente
        más sensata
más hembra

Debes irte

no quiero que veas mi llanto
ni deseo que encuentres en mis pupilas
las palabras de hielo que tuve que callar
debes irte

no quiero que veas mi cuerpo
ni que el cristal guarde el reflejo
de la sombra gris en que me convertí
debes irte

no quiero que veas la furia
de esta bestia que echa fuego
ni mis crecidas garras que ansían sacarte los ojos
debes irte

y te aconsejo que no vuelvas más
no quiero que me veas débil ni rabiosa
solo aspiro a desenjaularme y ser la que antes fui
debes irte

Agonía

recorro las calles
como una gacela herida
extraviarme quisiera
en mi maldito infortunio
pero al verme a mí misma
reparo en la llama
que crece conmigo

detengo mi furia
de fiera ofendida
las piernas me fallan
mi carrera se acorta
me vuelco al camino
y no hay huella de pasos
solo gotas purpúreas
que brillan y tiemblan
a la luz del farol

la noche se vuelve
agresiva conmigo
qué ausencia sin nombre
mi cuerpo maltrecho
y el vientre vacío

se apaga la escena
no hay llama querida
el aire en suspenso
mi agonía comienza
cuán difícil es
anidar quebrantos

por qué mi tesoro
rechazaste el mañana
te fuiste tranquilo
te envolviste en la brisa
tú querías olvido

El mar, mi sosiego

el dolor y la congoja inutilizan mi alma
y mi cuerpo se seca
                    irremisiblemente
solo encuentro sosiego en el mar
el agua moja mis pies y se va
moja mis tobillos moja mis rodillas
me cubre las caderas
y también la cintura
sus brazos de agua me acogen
me aprietan los hombros
estrujan mi vientre
con su batir ondulado
y me hundo toda
me abandono al vórtice
me pierdo en la nada
el mar arrebata mi angustia
y me devuelve a la orilla
                    irremediablemente

Infidelidad

en nuestros días
ya no requerimos
aros que nos unan
en santa comunión

mentes que se enlazan
cuerpos que se atraen
pasión y deseo
no urgimos más

tierra que te envuelve
en traición mundana
serpiente que te induce
a aspirar el aroma
del fruto vedado

mi cordura estalla
en dolor infinito
cómo es que te gusta
una mujer más

me quedo en la sombra
como un gato inerte
quiero ver tu sangre
beber de tu cuello

convertirme en vampiro
en hombre lobo
en una estrellita
y no verte más

Periplo

ayer tu amor fue puro
impulsivo pujante pulcro
óptimo y completo
posible y perfecto
plagado de pasión
repleto de pecados
hoy con el pelo áspero
con mi paz pringosa
con mi pena muerta
con el campo de piedras
y el pino empobrecido
me permito volver
al punto de partida
para podar mis pensamientos
y no dejar mis palabras
en la punta del paladar
para repensar que tu delirio
no fue más que una pulga
perdida en el plácido henal
y tu apabullante personalidad

fue la de un pavo
presumiendo pulidez
un pulpo que me atrapó
con sus potentes brazos
un puma de pelo pardo
que yo dejé piruetear

Eran falsas tus manos

Raudas, como salto de bailarín,
tus manos atrapaban mi cintura,
me unías a tu cuerpo con un fin,
declarar ante todos tu captura.

Alisabas mi pelo con tus dedos,
destilando ternura en cada palma,
apartabas de mí tediosos miedos,
colocando mi mundo en plena calma.

Estaba en el pináculo del gozo,
muy lejos de la pálida miseria,
cuando mi alma cayó en un negro pozo,
por tu falso sentir, ¡qué contumeria!

¿Cómo jurarme amor apasionado?
¿Cómo engalanar ósculos ficticios?
¿Acaso fue tu plan desesperado,
licuar tus faltas y tapar tus vicios?

Mentira fue tu amor tan aclamado,
tu verbo, solo embustes mal habidos,
me dejaste el orgullo pisoteado,
con un sin fin de abrazos abatidos.

Tus manos, vida, yo las adoraba
aquellas que alisaban mi cabello,
y seguían al beso que trepaba,
convirtiendo tu mimo en afán bello.

Benditas manos, ¿cuándo se rindieron?
Las caricias se ajaron con los años.
¿Tus ansias y el amor también murieron?
Ahora parecemos dos extraños.

Tus manos pueden ser las más divinas,
las que arrullan y donan sin pedir,
mas…, si mudan a oscuras golondrinas,
picotean el pecho sin abrir.

La enredadera

afuera de mi casa
y pegada a la pared
ha surgido una enredadera
he visto sus tallos y sus hojas
como zarpas avanzando
he percibido su caminar
trepando las paredes
y la he oído ascender
en la noche callada

en el día se comporta
como una buena planta
pero en la noche
sus garras dejan huellas
en la pared y en las ventanas

la enredadera poco a poco
va cubriendo mi morada
y la casa exánime
se deja violentar

a mí me tiene presa en su red
por los cuatro costados
qué puedo hacer
cortarla
sacarla de raíz
no creo poder hacerlo
solo espero día con día
que lleguen los rayos
calcinantes del verano

Insomnio

perdida en el marasmo de mis pensamientos
busco el silencio de la calmada noche
y cierro las cortinas de mis ojos

la indiferencia del exterior se hace patente
el perro ladra en la puerta de calle
el gato lima sus garras en el techo

la bocina de un auto aúlla lejana
y yo como una perinola en la cama
haciendo trizas mis uñas con los dientes

qué pesados y fuertes son los muros
de la grisácea vigilia
en vano quiero hoy derribarlos
y pienso en el grano
que me creció en la mejilla
que crece y crece y se revienta
y yo aún continúo despierta

Me creí adulta

me creí adulta
me creí madura
me creí libre
me creí fuerte
y no distinguía
la niebla del aire
las piedras del camino
los colores a medias
ni las mentiras escondidas

creí que los libros
lo sabían todo
que las calificaciones notables
me harían juiciosa

hoy sé que el trayecto
te curte te enseña
que no siempre la gente
es leal y noble
que a veces empuja
 aprieta y agrede
y también aprendí
que no hay que dar el afecto
al primero que halles

Espejismo

camino buscando el sol
en la distancia ajena
rastreo ese calor afable
que incendie mi sonrisa

camino con mi mochila
llena de hilos
mis pies de trapo
se deshacen en la arena

camino por caminar
en busca de sueños
que se pierden
en la inmensidad de un segundo

camino en busca
de huellas desvanecidas
en el afán de hallar
mis antiguas sandalias

camino dando trancos
renuentes e inacabables
al encuentro de una fe
que se me oculta

camino por senderos curvos
que no llevan a ningún flanco
camino con mi médula
que va con paso cero

camino en círculos
tratando de ubicar mi primer paso
debe de estar gastado este camino
que de tanto caminar
ya me he cansado

Ya nunca seré tuya

ya no seré tuya
ni tú serás mío
no tendrá importancia
la pequeña casa
que nos cobijó
no sabré nunca
si en verdad me querías
ni por qué me atrapaste
en este loco desvelo
sabiendo que yo era
muy menor para ti
tampoco sabré
por qué no confesaste
que tenías un nido
que estaba ocupado
y dos bellos motivos
por los qué caminar
no sabrás nunca
si aún pienso en ti
o si me llegó el olvido

jamás conocerás
a mi futuro marido
y tampoco sabrás
si tendré hijos con él
si lo espero cada día
con la comida ya hecha
o quizás
él cocine para mí
no sabrás nunca
la felicidad que perdiste
ni en quién me convertí
en una mujer fuerte
en aquella que nunca
estuvo hecha para ti

Rebelión

la niña de seda
se evaporó en sus pliegues
la mujer de cristal
se fragmentó en su dolor
hoy es suave fortaleza
alma nimia gigantesca
con uñas de ternura
fulgor que crece
a insolente llamarada
y no va a ser más
   sombra requerida
   ni barro de amolde
tampoco será
   hoja de ventolera
y menos
   manzana carnal

Dicen

dicen
que volar hacia el inmenso cielo
para conocer el matiz de sus colores
o zumbar entre abejas y moscas
para escuchar sus secretos
elevarte hasta las nubes para saber
por qué batallan la lluvia y el viento
dicen que es alienación

dicen
que surcar el aire sin alas es locura
quitarse los grilletes de los pies
y despegar sin temor los pensamientos
bogar a pareles entre la niebla y en silencio
volar volando
                    volar boyando
para luego cerrar los ojos con un suave suspiro
dicen
que vale vida haber vivido

Interiorizando

me introduje al oscuro ascensor de mi alma
y caminé por el pasillo estrecho de mis venas
para expulsar mis contraídos sentimientos
con cada latido rítmico de mis arterias

con una daga corté mi corazón en pedazos
y reparé cada fragmento con especial esmero
para que dejaran de sangrarme los recuerdos
para que se ausentara la lluvia de mis ojos

encontré palabras arrinconadas
en los recovecos de mis articulaciones
sílabas esparcidas en mis tendones
olvido en mis entrañas vacías

hallé tu nombre en mi rodilla
que resbaló sinuoso cual serpiente
y antes de que lo hollara escapó

mis dedos se vistieron de añoranzas
al palpar el suave y mullido terciopelo
de un oso de peluche abandonado

mi garganta percibió el dulce aliento
un extraño rastro a soledad y peligro
advertí entonces a lo lejos
el eco de la risa de una niña

borborita mi sangre postergada
se sublevan todas mis células
y resuelven que es menester
surcar sobre funestas penas

subo al plumaje azul
del pájaro de mis sueños
donde se esfuman
diminutas péndolas
al levantar el vuelo.

APÉNDICE

Mi biografía

Me piden mis datos, profesión y experiencia,
los premios recibidos y los ya no habidos,
mi fotografía actual sin toques bruñidos,
mi semblanza austera, requieren, con urgencia.

Nací en la tierra memorable de los Incas,
donde las llamas pastean por verdes cerros,
y vuela el cóndor como el señor de los cielos
vigilando el plantío de papas y fincas.

Mi nombre, en singular, son bolitas unidas,
que seres absortos palpan moviendo labios,
fruncidos los ojos imploran como sabios,
la paz de mi apellido en sílabas corridas.

Mi dirección legal: entre verdes colinas.
Mi dirección real: árboles encerrados
entre tumbas de cemento casi olvidados,
donde ardillas libres bordean las esquinas.

Experiencia laboral:

En las noches, cuando se levanta la luna,
y el sol agoniza tumbándose en los mares,
vuelo como paloma insomne entre manglares,
viajando por paisajes grises sin fortuna.

Vago por calles solitarias o con ruido,
subo a los autos con matrículas copiadas,
saludo a las puertas ocultas y asustadas,
juego a las escondidas en tráfico fluido.

Veo la vida y la hermosura en los despojos,
calmo apetitos de amor generalizado,
me conmueve el vagabundo traumatizado,
y llevo imágenes de sueños sin cerrojos.

Historial:

Anestesié a una dama, y resultó que era hombre.
Vacuné a soldados en campos petroleros.
Escribí relatos acerca de enfermeros,
de agruras, mieles, y de gente de renombre.

Propósitos y anhelos:

Extraño la lectura en tardes soleadas.
Deseo que olviden mis pequeños desaires.
Anhelo ver cuentos de amigos trabucaires,
y no escribir versos en noches apuradas.

Sumario:

Esta es mi historia, soy creadora de sueños,
con estanterías repletas de ejemplares.
Me pueden criticar estos versos dispares,
mas no la firmeza, mi fe ni mis empeños.

www.ingramcontent.com/pod-product-compliance
Lightning Source LLC
Chambersburg PA
CBHW051931240626
47153CB00004B/1446